A bela história do
Rio Grande do Sul

Para crianças e adolescentes
Resumida e Ilustrada

CIP-BRASIL. CATALOGAÇÃO NA FONTE
SINDICATO NACIONAL DOS EDITORES DE LIVROS, RJ

F747b   Fonseca, Roberto
             A bela história do Rio Grande do Sul / Roberto Fonseca.
             – 4. ed. – Porto Alegre, RS : AGE, 2025.
             il.
             16x23cm. ; 104 p.

             ISBN 978-85-8343-379-8
             ISBN E-BOOK 978-85-8343-386-6

             1. Rio Grande do Sul – História – Literatura infantojuvenil.
I. Título.

             12-2694.   CDD: 981.65
                                     CDU: 94(816.5)

A bela história do
Rio Grande do Sul

4.ª edição

Para crianças e adolescentes
Resumida e Ilustrada

EDITORA
aGe

PORTO ALEGRE, 2025

© Roberto Fonseca, 2012

Capa:
MARCO CENA

Diagramação:
MAXIMILIANO LEDUR

Supervisão editorial:
PAULO FLÁVIO LEDUR

Editoração eletrônica:
LEDUR SERVIÇOS EDITORIAIS LTDA.

Reservados todos os direitos de publicação à
LEDUR SERVIÇOS EDITORIAIS LTDA.
editoraage@editoraage.com.br
Rua Valparaíso, 285 – Bairro Jardim Botânico
90690-300 – Porto Alegre, RS, Brasil
Fone: (51) 3223-9385 | Whats: (51) 99151-0311
vendas@editoraage.com.br
www.editoraage.com.br

Impresso no Brasil / Printed in Brazil

Dedico este trabalho a toda gurizada rio-grandense e, em particular, aos meus netos, Rafael, Rodrigo, Guilherme, Otávio e Manuela.

Agradeço aos meus filhos pelo incentivo e ao meu amigo Flávio Acauan Souto pela colaboração recebida.

Os gaúchos têm muito orgulho
de sua terra e de suas tradições.

Vocês sabem por quê?

Porque o Rio Grande foi construído com o sangue e o suor dos nossos antepassados.

Porque nada nos foi dado ou oferecido. Cada pedacinho de chão que pisamos foi conquistado e defendido com o sacrifício de nossos heróis, que deram suas vidas para que nós fôssemos um povo livre e forte.

Porque, unindo as forças dos nossos avós, portugueses, índios, negros, alemães, italianos e de outras terras, homens e mulheres, vencemos os invasores, superamos as desavenças e trouxemos o progresso e a riqueza para nossos campos e serras.

É por isso que nossos Centros de Tradições Gaúchas se multiplicam por todo o Brasil e até pelo mundo afora.

E é por isso que somos os únicos brasileiros que conhecem e cantam o hino do seu Estado em voz bem alta e com o peito estufado de orgulho.

Sumário

Os primeiros habitantes..10
Os bandeirantes...12
A Colônia do Sacramento...14
As Missões..16
Sepé Tiaraju 20
A expulsão das missões jesuíticas.................................21
O Tratado de Santo Ildefonso.......................................24
A conquista do território 25
A Província Cisplatina...27
A independência do Uruguai..30
Os primeiros imigrantes 32
Eram tempos muito difíceis..33
A Revolução Farroupilha 34
A guerra contra Oribe e Rosas.....................................47
A Guerra do Paraguai 49
Chegam os italianos 53
O fim da escravidão...54
O Negrinho do Pastoreio...56
A proclamação da República..61
Maragatos e pica-paus 62
O gaúcho que laçou um avião! 80
A Revolução de 1930 81
O Movimento Tradicionalista Gaúcho.........................93
O laçador 97
Os bandeirantes do século XX......................................98
Hino Rio-Grandense..104

Os primeiros habitantes

É uma história muito bonita, que começa quando os índios eram os únicos donos dos campos e das florestas. Os homens caçavam e pescavam, enquanto as mulheres cuidavam das crianças, plantavam pequenas roças de milho, feijão, mandioca e amendoim e colhiam a erva-mate, que chamavam de caami.

Com a chegada dos espanhóis e portugueses na América do Sul, apareceram os primeiros homens brancos, que passaram a explorar a terra em busca de riqueza. Com eles vieram os padres jesuítas, dispostos a catequizar os índios, trazendo-lhes a palavra de Deus.

Os bandeirantes

A história do Rio Grande é uma história de guerras, que tiveram início com a chegada dos primeiros bandeirantes, que vinham caçar índios e levá-los como escravos para trabalhar nas plantações de cana-de-açúcar no norte do país.

Eles atacavam, de preferência, as aldeias dos padres, chamadas de "reduções", onde os índios já eram mais obedientes e instruídos para o trabalho.

Muitos índios foram levados como escravos, até que começou a resistência.

Instruídos e treinados pelos padres no manejo das armas, os índios mostraram o seu valor como guerreiros e, em 1641, derrotaram os bandeirantes na batalha de Mbororé.

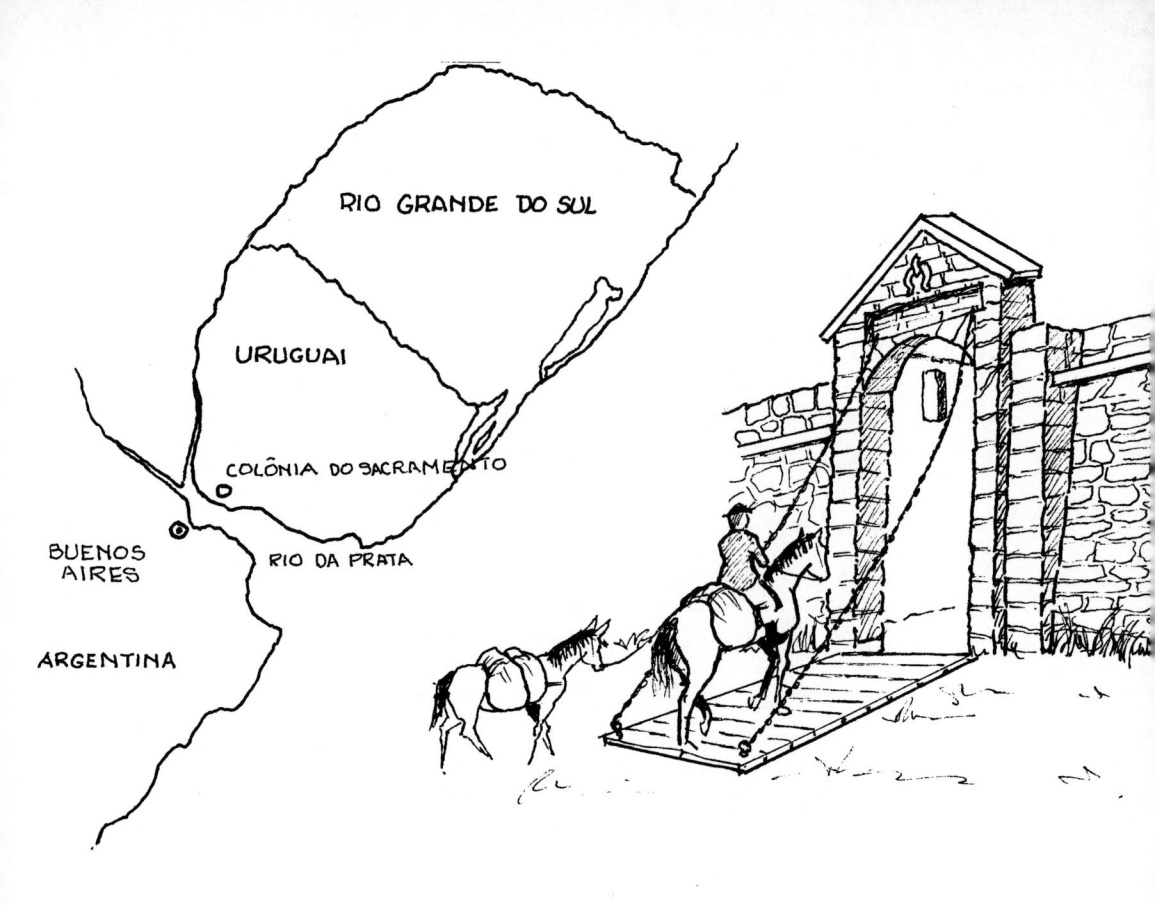

A Colônia do Sacramento

De 1580 até 1640, na Europa, os reinos de Espanha e Portugal estiveram unidos. Assim, na América, espanhóis e portugueses exploravam juntos as riquezas, principalmente a prata boliviana, que do porto de Buenos Aires era mandada para a Europa em grandes navios chamados galeões.

Com a separação de Portugal e Espanha, os portugueses foram mandados embora de Buenos Aires e se estabeleceram na outra margem do Rio da Prata, ali fundando a "Colônia do Sacramento".

Só que os espanhóis queriam dominar as duas margens do Rio da Prata, para ter completo controle da navegação. Então, atacaram e destruíram a Colônia do Sacramento.

Os portugueses não se conformaram e reconstruíram a Colônia. Os espanhóis voltaram a atacar, e esse vai e vem se arrastou por quase cem anos de peleias. A briga entre as duas nações só teve trégua com o Tratado de Madrid, pelo qual a Espanha ficou com a Colônia e Portugal com o território das Missões.

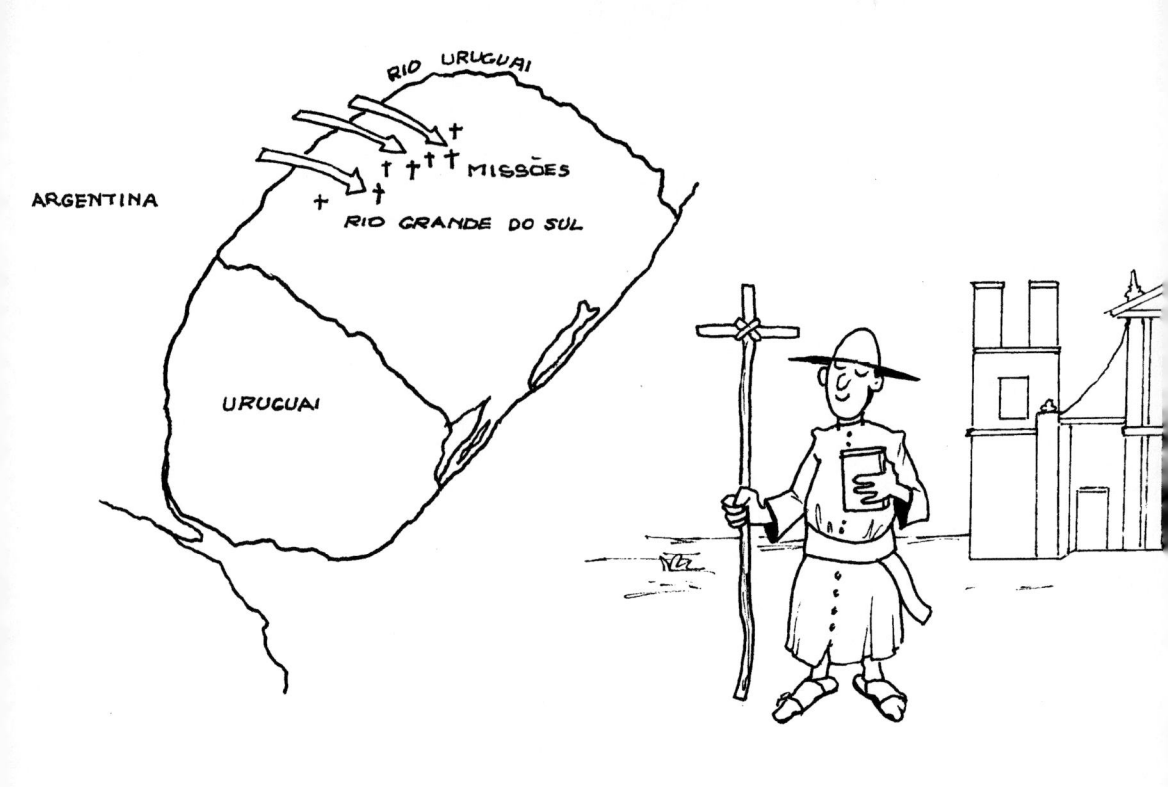

As Missões

Enquanto isso, os padres jesuítas, que, pressionados pelos ataques dos bandeirantes, haviam se retirado para a outra margem do rio Uruguai, voltaram para continuar o seu trabalho missioneiro.

Os jesuítas tinham um projeto muito maior do que o simples ensino da religião. Imaginavam construir na América uma nova sociedade, baseada na justiça, na solidariedade, na vida comunitária e no amor a Deus.

Como já vimos, os povoados criados pelos padres eram chamados de "reduções".

A redução tinha o formato de um grande retângulo, onde sobressaía a igreja, construída com pedras trabalhadas. As outras instalações e as casas dos índios formavam ruas em perfeito alinhamento. Os homens usavam calças e camisas de algodão; as mulheres, vestidos simples do mesmo tecido, atados na cintura com um cordão.

Cada família tinha o seu lote de terra. Todos trabalhavam quatro dias por semana para seu sustento. Nos outros dois dias, participavam de tarefas coletivas para ajudar as viúvas, os órfãos e os doentes. O domingo era reservado à atividade religiosa e ao descanso.

Depois do trabalho, compareciam às aulas de catecismo, música, carpintaria e outras atividades. Chegaram a fabricar instrumentos musicais, como órgãos, violinos e harpas.

Em 1750, cerca de trinta dessas missões, sete delas no território do Rio Grande de São Pedro, que era como então se chamava o Rio Grande do Sul, já estavam muito desenvolvidas.

A notícia do sucesso das missões chegava à Europa, despertando a curiosidade de uns e o receio de outros, diante do crescimento da influência dos jesuítas na América.

Os padres sabiam que poderiam ameaçar os interesses europeus na região. Por isso, não descuidavam do pagamento dos impostos, com o dinheiro da venda de algodão e erva-mate. Do que sobrava, compravam ferramentas e outros utensílios necessários. O restante era remetido para a Sociedade de Jesus, em Roma.

Sepé Tiaraju

A mais desenvolvida das missões era a de São Miguel Arcanjo, cujas ruínas ainda podem ser vistas perto da cidade de Santo Ângelo.

Em São Miguel, exercia o cargo de corregedor – uma espécie de prefeito – um índio chamado Sepé Tiaraju, que se tornou uma lenda na história do Rio Grande do Sul. Ele foi um bravo combatente e grande líder da resistência missioneira quando as tropas portuguesas e espanholas foram enviadas para arrasar as missões e expulsar novamente os padres e os índios para o outro lado da fronteira.

A expulsão das missões jesuíticas

Como já foi dito, Espanha e Portugal, pelo Tratado de Madrid, concordaram em repartir as terras, ficando a Colônia do Sacramento para os espanhóis e as Missões para os portugueses. Como tinham estado, até então, sob domínio espanhol, as missões receberam ordem de abandonar tudo o que tinham construído e de se retirar daquele território, que passara, pelo tratado, a pertencer a Portugal.

Liderados por Sepé Tiaraju, os índios se recusaram a sair e, com o apoio dos padres, iniciaram a resistência. O conflito que se seguiu ficou conhecido como "Guerra Guaranítica".

Segundo a tradição rio-grandense, Sepé Tiaraju, enfrentando portugueses e espanhóis, lançou um brado heroico que se tornou símbolo da bravura e da resistência dos povos missioneiros:

– ESTA TERRA TEM DONO!

Mesmo assim, as tropas mais fortes e bem armadas venceram os índios. Sepé foi morto e as missões destruídas para sempre.

Apesar do Tratado, nada do que fora acertado foi cumprido. Os portugueses continuaram na Colônia do Sacramento e os espanhóis nas Missões. Era o começo das guerras pela posse dos territórios da bacia do Rio da Prata, que iriam durar mais de um século, primeiro entre portugueses e espanhóis e, mais tarde, entre brasileiros, argentinos e uruguaios.

Cevallos, governador de Buenos Aires, resolveu retomar a Colônia e, além disso, mandou tropas para atacar Rio Pardo e conquistar a cidade de Rio Grande. Comandados por Rafael Pinto Bandeira, os gaúchos atropelaram os castelhanos e os mandaram de volta para as suas terras.

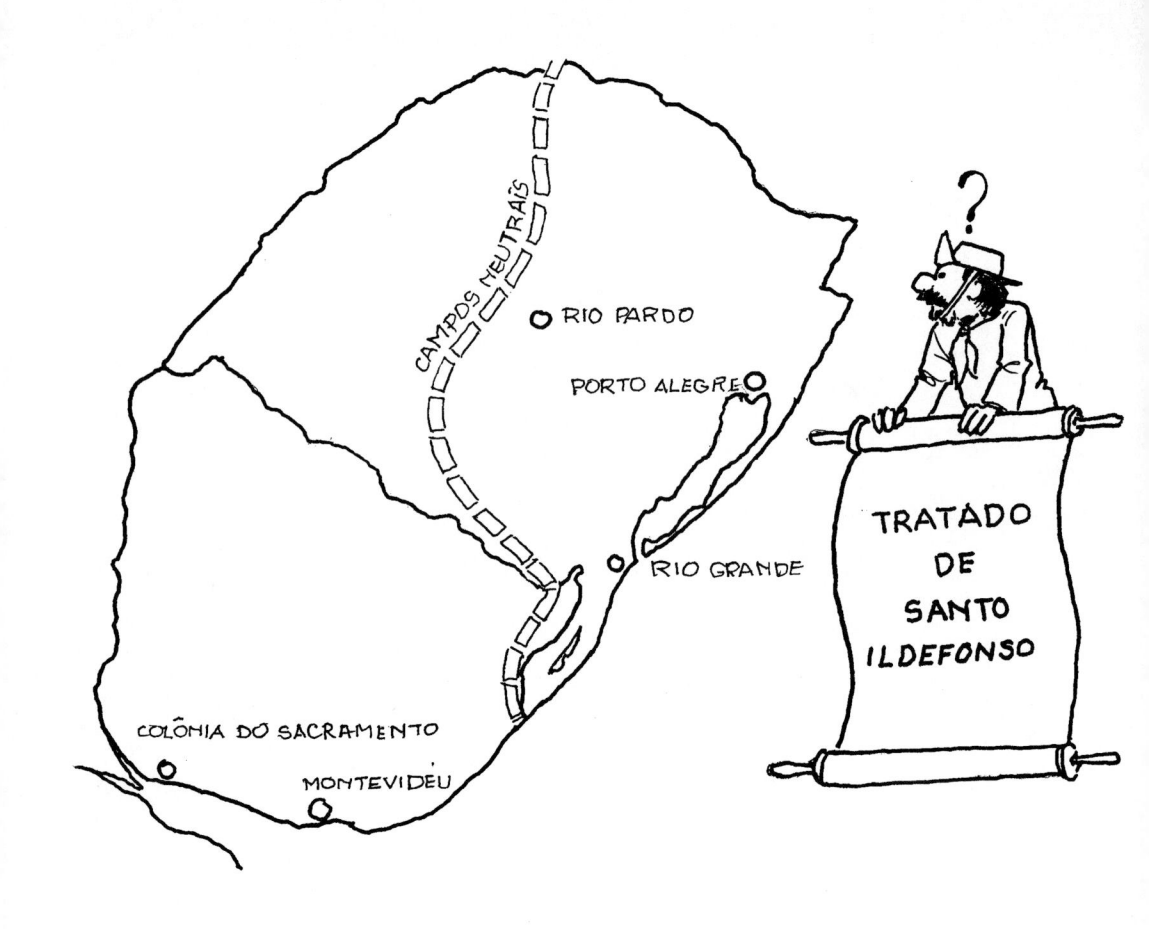

O Tratado de Santo Ildefonso

Em 1777, foi assinado o Tratado de Santo Ildefonso, que, por algum tempo, suspendeu a guerra. Os espanhóis ganharam a Colônia, as Missões e a navegação no Rio da Prata. Os portugueses ficaram com o leste do Estado. A fronteira entre esses territórios era uma faixa chamada de Campos Neutrais. Uma espécie de "terra de ninguém".

A conquista do território

Em 1801, a Espanha declarou guerra a Portugal. Era a oportunidade que a gauchada estava esperando para recuperar suas terras mal repartidas pelo Tratado de Santo Ildefonso.

O governador sentiu que era hora de rasgar os tratados e não perdeu tempo. Convocou todo mundo que não fosse aleijado, tivesse um cavalo e soubesse manejar a lança ou a espada e reuniu essas forças em Rio Grande e Rio Pardo.

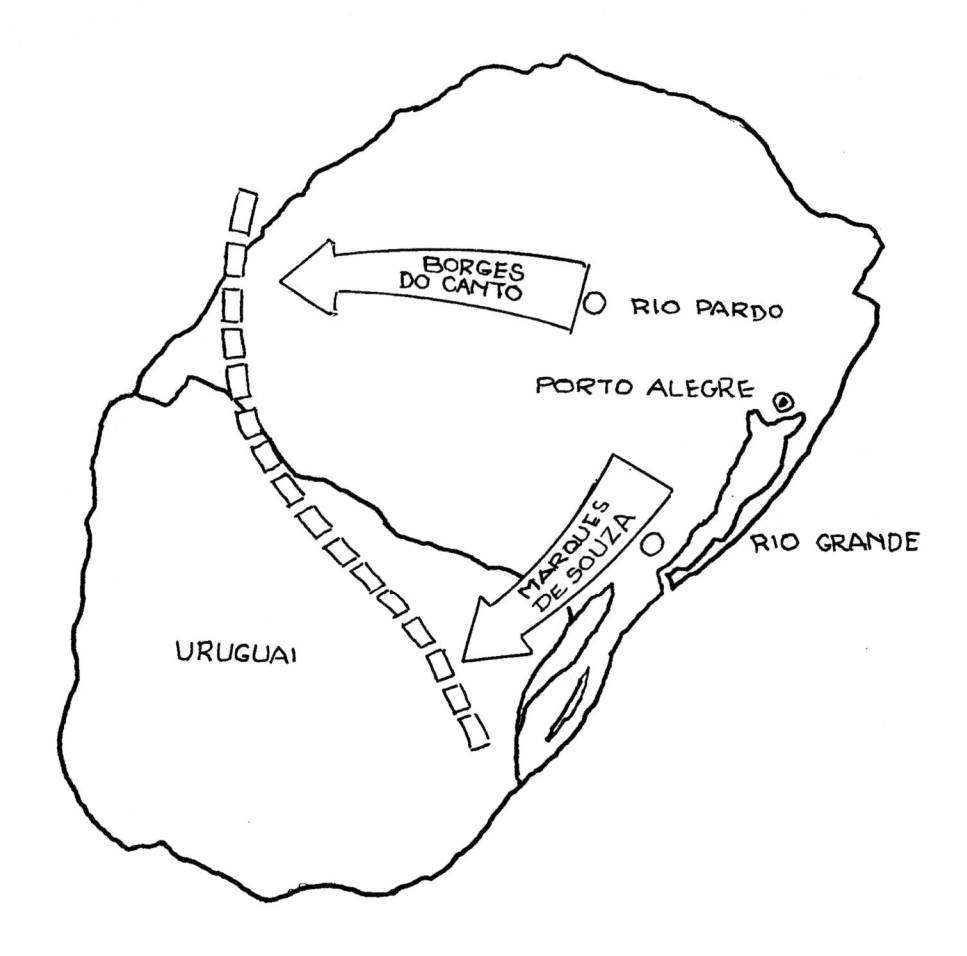

Não deu outra! O Coronel Marques de Souza avançou até o território uruguaio e Borges do Canto retomou o centro do Estado e reconquistou as Missões. Quando, em seguida, chegou a notícia do fim da guerra entre Espanha e Portugal, o Rio Grande já tinha sido reconquistado à força e, daí por diante, os castelhanos não puseram mais os pés aqui.

A Província Cisplatina

Em 1810, Buenos Aires se declarou independente da Espanha. A intenção era libertar toda a região do Prata, mas o governador de Montevidéu não concordou.

Acontece que, aqui no Brasil, Carlota Joaquina, esposa de D. João VI, Rei de Portugal, era irmã do Rei da Espanha e não gostou dessa história de independência. Então, Dom João VI mandou um Exército Pacificador para apoiar Montevidéu, que estava sendo ameaçado por José Artigas, um caudilho uruguaio aliado de Buenos Aires.

Em 1812, depois de cumprida a missão, o Exército Pacificador se retirou do Uruguai, mas deixou ocupadas as terras conquistadas.

Mas Artigas não estava acabado. Voltou, e dessa vez tomou Montevidéu. Além disso, o pessoal dele começou a invadir e saquear as propriedades no lado rio-grandense. Muitas estâncias chegaram a ser abandonadas.

Aí, Dom João VI perdeu a paciência de vez. Trouxe de Portugal uma força de quase cinco mil soldados, gente bem treinada e armada, e mandou invadir a Banda Oriental, que era como se chamava o Uruguai.

Sob o comando do general Lecor, o exército português chegou até Montevidéu. Artigas ainda tentou resistir, mas suas tropas foram completamente derrotadas na batalha de Tacuarembó. Então, a Banda Oriental ficou pertencendo ao Império Português, com o nome de Província Cisplatina.

A independência do Uruguai

O general Lecor foi nomeado Governador da Província Cisplatina. Depois de algum tempo, seu governo começou a desagradar os estancieiros uruguaios, pela preferência que dava aos negócios dos portugueses.

Assim, em 1825, um tal de Lavalleja, aliado de Artigas, reuniu um grupo de patriotas, chamados "Los Treinta y Tres Orientales", e invadiu a Província Cisplatina. Depois de alguns combates, saíram vitoriosos e declararam a província independente, incorporada à Argentina.

A essa altura, Dom Pedro I já havia proclamado, em 1822, a independência do Brasil.

O Brasil, inconformado com a perda da Província Cisplatina, declarou guerra à Argentina e reuniu um grande exército em Santana do Livramento. Os gaúchos não paravam nunca de guerrear.

O Imperador Pedro I, que viera comandar a guerra, teve que voltar por causa da morte da Imperatriz Leopoldina, sua esposa. Então passou o comando para o Marquês de Barbacena.

A grande batalha contra as tropas do general argentino Alvear foi travada num lugar chamado Passo do Rosário. Depois de cinco horas de duro combate, os campos, ressecados pelo verão, pegaram fogo e a tropa brasileira começou a ficar desorganizada. Para piorar, o Marquês de Barbacena não era bom comandante e as suas ordens saíam desencontradas.

Por fim, a infantaria brasileira iniciou a retirada, protegida pela cavalaria de Bento Gonçalves. Os argentinos, também exaustos pelo combate, não tiveram condições de perseguir as tropas brasileiras e acabaram se retirando também. O resultado da batalha do Passo do Rosário ficou indefinido, embora o exército brasileiro tivesse sido praticamente desmantelado.

Depois, ainda houve alguns encontros, mas em 1828 foi assinada a paz e o Uruguai se tornou definitivamente independente.

Os primeiros imigrantes

E, assim, o Rio Grande foi andando, sempre pelas próprias pernas.

Os primeiros imigrantes foram os açorianos, trazidos das Ilhas dos Açores em 1750 para auxiliar a colonização da terra.

Em 1824, chegaram os alemães. A viagem foi um horror. Doze mil quilômetros de mar em um barco pequeno. Chegaram a Porto Alegre exaustos e doentes. Foram levados em carros de boi até São Leopoldo, onde não havia nada; apenas uma picada aberta no meio do mato, onde seriam distribuídos os lotes aos recém-chegados.

As dificuldades eram muitas, mas os colonos eram trabalhadores e habilidosos. Em pouco tempo se adaptaram aos costumes da terra.

Eram tempos muito difíceis

Imaginem chegar com a família num descampado, sem saber falar a língua do país, sem casa, sem comida, sem recursos médicos, enfrentando o frio do inverno e ameaçados por animais selvagens como as onças, as suçuaranas – uma espécie de onça menor com o pelo amarelado –, os jacarés, cobras e outros tantos perigos que assolavam aquelas terras!

Imaginem uma dor de dentes!

Nem mesmo contavam com assistência religiosa. Além disso, os poucos religiosos existentes não falavam alemão.

Até fazer fogo era difícil. Tanto, que os fogões de barro nunca eram apagados. À noite, as brasas eram cobertas com cinza, para serem reavivadas na manhã seguinte. Às vezes, o vento que penetrava pelas frestas das casas acendia os braseiros, provocando incêndios.

Pois, apesar de tudo, eles sobreviveram e prosperaram.

A Revolução Farroupilha

Em 1831, D. Pedro I voltou para Portugal e deixou seu filho de apenas cinco anos aos cuidados do tutor José Bonifácio, considerado por todos como o "patriarca da independência do Brasil".

Os regentes que assumiram o governo enfrentaram revoltas em diversos cantos do Império, pois só se importavam com as províncias do centro, deixando as outras abandonadas e sufocadas pela cobrança excessiva de impostos. Por aqui se dizia – e com muita razão – que o governo central só se lembrava do Rio Grande na hora das guerras.

A insatisfação dos gaúchos era muito grande.

O descontentamento era geral. O que mais se reclamava era o seguinte:

— o Rio Grande estava empobrecido pelas guerras constantes e pelos pesados impostos cobrados sobre os seus produtos;

— os gaúchos se sentiam abandonados pela Corte. Apesar de todos os sacrifícios para defender o país nas guerras, aqui não havia escolas públicas, estradas nem outros investimentos capazes de melhorar a situação da província.

Já se percebiam sinais de revolta entre os chamados farrapos ou farroupilhas, liderados por Bento Gonçalves.

A insatisfação foi crescendo, até que, na madrugada de 19 de setembro de 1835, houve o primeiro combate, próximo à ponte sobre o arroio Dilúvio, na Azenha, em Porto Alegre, na atual Av. João Pessoa.

No dia seguinte, 20 de setembro, os farroupilhas Gomes Jardim e Onofre Pires avançaram com suas tropas e tomaram a cidade, marcando o início da guerra.

Era a Revolução Farroupilha, que iria cobrir de sangue as plagas gaúchas por quase dez anos.

Logo começaram as escaramuças, sem que houvesse uma frente de combate bem definida. Pouco tempo depois, os legalistas, isto é, os que lutavam a favor do Império, retomaram Porto Alegre e, apesar do contra-ataque de Bento Gonçalves, a capital não foi mais reconquistada pelos farroupilhas.

Um importante encontro ocorreu nas proximidades do arroio Seival, entre as tropas legalistas do coronel Joca Tavares e os farroupilhas do general Souza Netto. A vitória dos farrapos foi tão grande que o general Netto se entusiasmou e proclamou a República Rio-Grandense, declarando-a independente do Império.

Naquela ocasião, o chefe farroupilha, Bento Gonçalves, estava cercando Porto Alegre.

Tendo sido aclamado para a presidência da nova república, cuja capital seria instalada na cidade de Piratini, o general reuniu seu exército e tomou o rumo daquela cidade.

Quando cruzavam o rio Jacuí pela Ilha de Fanfa, os farrapos foram surpreendidos e cercados pelos legalistas de Bento Manoel Ribeiro. Depois de um dia de resistência, com centenas de mortos e feridos, tiveram que se entregar.

Bento Gonçalves foi levado, preso, para o Forte do Mar, em Salvador, na Bahia.

Ainda restavam as forças do general Netto e muitas outras espalhadas pelo Rio Grande. Mesmo sem a presença do líder Bento Gonçalves, a República começou a se organizar, com a criação de ministérios, bandeira oficial, hino e até moedas, que eram as do Império serradas pelo meio.

A nova república foi tomando forma, e o entusiasmo foi ainda maior quando Bento Gonçalves fugiu da prisão na Bahia e retornou ao Rio Grande.

Nesse tempo, alguns revolucionários italianos fugidos do seu país se aproximaram dos farrapos, entre eles Giuseppe Garibaldi, navegador e guerrilheiro, que logo aderiu à causa farroupilha.

O ponto fraco dos farroupilhas era a falta de acesso a um porto de mar que lhes permitisse desembarcar armas e suprimentos. Porto Alegre, Rio Grande e a navegação na Lagoa dos Patos estavam dominados pelos legalistas.

Resolveram então tomar a cidade de Laguna, em Santa Catarina.

David Canabarro recebeu o comando da operação terrestre e Garibaldi ficou encarregado da força naval, constituída de dois lanchões que ele mesmo construiu.

Tudo bem. Mas como levar os lanchões até o mar?

Pois foi assim: Garibaldi saiu de Camaquã, onde ficava o estaleiro dos farrapos, navegou com os lanchões para o norte da Lagoa dos Patos e entrou pelo rio Capivari até onde foi possível. Dali em diante colocou rodas de carreta com eixos sob os barcos, que foram puxados por juntas de bois até Tramandaí.

Chegando lá, os lanchões entraram no mar, desfraldando a bandeira rio-grandense. Na verdade, apenas um deles chegou até Laguna. O outro naufragou e Garibaldi foi um dos poucos a se salvarem.

Laguna foi atacada por terra e por mar.

Surpresa total! O inimigo fugiu, deixando para trás navios, armas, munições, enfim tudo de que os Farrapos estavam precisando.

Então, em 1839, foi proclamada a República Juliana, que correspondia mais ou menos ao atual Estado de Santa Catarina.

A alegria, porém, pouco durou. Os imperiais contra-atacaram e retomaram o território, acabando com a República Juliana.

Garibaldi trouxe consigo Anita, que seria a sua companheira por toda a vida.

Lá por 1841, Garibaldi e sua mulher, Anita, sentiram que não havia mais futuro na revolução e foram para o Uruguai. De lá seguiram para a Itália, onde ainda lutaram pela unificação daquele país.

O ano anterior tinha sido ruim para os farrapos. Caçapava, para onde tinha sido deslocada a capital, foi tomada pelos imperiais. Com isso, a capital foi novamente transferida, dessa vez para Alegrete, cidade mais afastada do alcance do inimigo. Em seguida, os revolucionários perderam São Gabriel e, logo depois, Viamão.

Em abril de 1841, aconteceu o maior combate de toda a guerra, a batalha de Taquari, perto de Porto Alegre. Não houve vencedor, mas o número de mortos e feridos foi assustador.

Em 1842, o governo imperial chegou à conclusão de que era preciso fazer alguma coisa para resolver de uma vez a questão no Rio Grande. Para isso, nomeou Luís Alves de Lima e Silva, que na época era o Barão de Caxias, como presidente e comandante de armas da Província.

Caxias reorganizou o exército imperial e entregou o comando das operações de combate para Francisco Abreu e Bento Manoel Ribeiro, que era um combatente de primeira, mas mudava de lado com facilidade. Mal começara a lutar ao lado dos imperiais, bandeou-se para os farroupilhas e terminou novamente com os imperiais.

Em 1843, na região de Ponche Verde, hoje município de Dom Pedrito, travou-se a última grande batalha da guerra.

As tropas farroupilhas, de Bento Gonçalves, Souza Netto, David Canabarro e João Silveira, derrotaram os imperiais, fazendo muitos prisioneiros e reunindo uma boa cavalhada, o que era muito importante.

Mas a resistência dos farrapos estava se esgotando. Já não havia armas, nem munição, nem uniformes e, além disso, surgiam desavenças entre os seus chefes.

Tantas que, após uma troca de acusações, Bento Gonçalves desafiou o general Onofre Pires para um duelo de espada. Onofre Pires foi ferido e veio a morrer em consequência do ferimento.

A verdade é que ninguém mais duvidava de que a guerra estava perdida. As tropas de Caxias dominavam o terreno e perseguiam a desgastada cavalaria farroupilha, onde quer que ela estivesse. Mas ninguém pensava em se entregar. Se não houvesse uma saída honrosa, o último farrapo ia morrer brigando.

Era gente muito valente e orgulhosa. O ditador argentino, Rosas, chegou a oferecer reforços para a luta, mas David Canabarro se ofendeu e respondeu na hora:

"O primeiro de vossos soldados que atravessar a fronteira, dará o sangue com o qual será assinada a paz com os imperiais."

No final, depois de muitas negociações de paz, a maioria das condições impostas pelos farrapos foram aceitas, graças, em grande parte, à habilidade e ao espírito pacificador de Caxias.

O acordo de paz foi assinado no dia 1.º de março de 1845, em Ponche Verde, onde hoje está plantado um obelisco assinalando o lugar.

Dá uma descansada agora, piazito gaúcho. Mas te prepara: as guerras ainda estavam longe de terminar.

A guerra contra Oribe e Rosas

Tempos depois, quem mandava nos campos do Uruguai, e desafiava o governo daquele país era um caudilho chamado Oribe.

Esse sujeito, volta e meia, entrava no território gaúcho, assaltando, arrebanhando gado e desacatando a nossa gente. Contava com o apoio deslavado de Rosas, o ditador de Buenos Aires.

Sob o comando de Caxias, tropas brasileiras entraram no Uruguai e atacaram as milícias de Oribe, que logo se entregou, quase sem combater. Em seguida, fevereiro de 1852, Caxias bateu o exército argentino, na batalha de Monte Caseros.

Rosas, derrotado, fugiu, pedindo asilo em um navio inglês.

Vocês pensaram que estava encerrado o assunto?

Pois não estava. A gauchada não tinha descanso. Era só o tempo de respirar, afiar a espada e recarregar a pistola.

Depois de tudo que se tinha feito para apaziguar o Uruguai, assumiu o governo de lá um tal de Don Atanásio Aguirre, que logo partiu para as mesmas provocações e ofensas contra os rio-grandenses. Tinha as costas quentes, pois contava com o apoio do paraguaio Solano Lopez.

Mais uma guerra! Depois de algumas peleias brabas, chegamos perto de Montevidéu e Aguirre foi apeado do poder.

A TRÍPLICE ALIANÇA

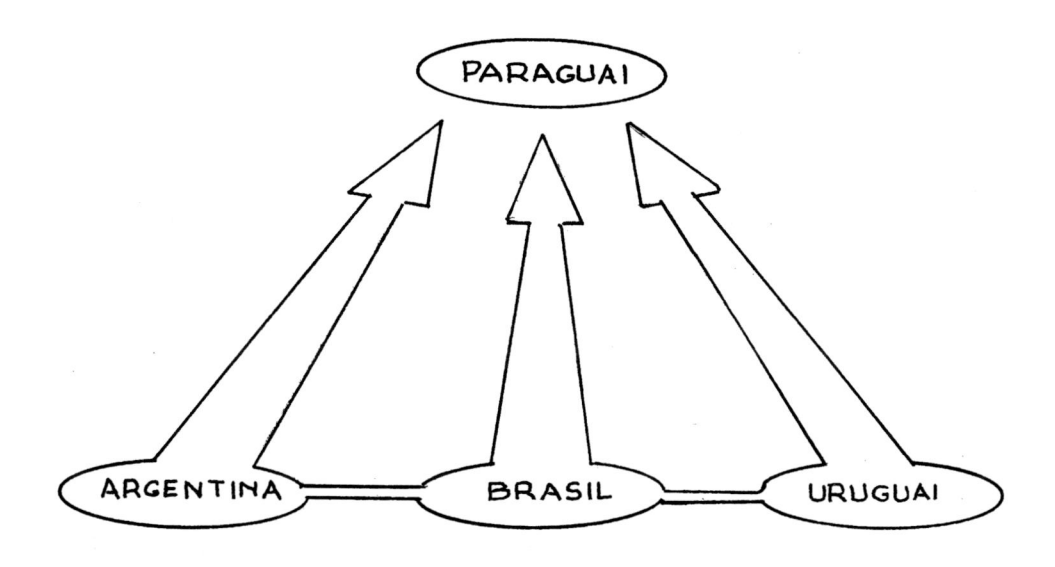

```
        PARAGUAI
         ↑ ↑ ↑
        /  |  \
       /   |   \
ARGENTINA BRASIL URUGUAI
```

A Guerra do Paraguai

Em 1864, o ditador paraguaio Solano Lopez, mesmo sem qualquer ameaça de guerra, formou um exército de oitenta mil homens, armados com o que havia de mais moderno, apoiados por canhões e navios que dominavam o rio Paraguai.

Com o pretexto de que o Brasil e a Argentina tinham interferido no Uruguai contra Aguirre, a quem ele prometera ajuda militar, Solano Lopez iniciou a guerra, invadindo o Mato Grosso e a província argentina de Corrientes.

O Uruguai aliou-se ao Brasil e à Argentina. Estava formada a Tríplice Aliança, que lutaria contra as forças de Lopez.

O exército brasileiro era pequeno para uma guerra daquele tamanho. Então, Dom Pedro II mandou organizar os Corpos de Voluntários da Pátria, formados por gente de várias províncias. Nesses corpos se alistaram muitos baianos, assim como mercenários alemães que haviam sido contratados durante a guerra contra Rosas.

Em 1865, o general paraguaio Estigarribia invadiu o Rio Grande do Sul, tomando São Borja, Itaqui e Uruguaiana.

Em seguida, cercado pelas tropas brasileiras, argentinas e uruguaias, rendeu-se com seus cinco mil e quinhentos soldados, sem oferecer resistência, atormentado por uma epidemia de cólera que dizimou sua tropa.

Foi uma guerra sangrenta, que durou muitos anos. A grande figura do lado brasileiro foi o general Osório, que organizou o exército e assumiu o comando na hora de invadir o Paraguai.

Era um gauchão simples e amigo dos soldados, mas na hora do combate estava sempre à frente, impulsionando seus comandados pela coragem e pelo exemplo.

Dizia Osório com entusiasmo: "É fácil a missão de comandar homens livres. Basta mostrar-lhes o caminho do dever."

A guerra se arrastou até 1870, quando as últimas tropas paraguaias foram vencidas. O ditador Solano Lopez foi morto por um pontaço de lança.

O Paraguai sofreu um golpe duro, pois teve as suas riquezas e quase todos os seus homens perdidos na guerra.

Houve um tempo de paz. A província do Rio Grande já apresentava sinais de progresso, como a fundação do Banco da Província, alguns jornais, comércio e um grande teatro, o Teatro São Pedro, onde se apresentavam belos espetáculos e até óperas.

Em 1871, foi instalada a iluminação a gás em Porto Alegre, Rio Grande e Pelotas.

Apesar das guerras e das dificuldades, o Rio Grande tinha um povo instruído, com vinte e cinco por cento das pessoas alfabetizadas, no que só perdia para o Rio de Janeiro.

Isso era muito importante, considerando que as nossas primeiras povoações foram fundadas depois de mais ou menos duzentos anos da descoberta do Brasil, quando Recife, Salvador e Rio de Janeiro já eram cidades desenvolvidas.

Chegam os italianos

Nessa mesma época, chegaram os primeiros imigrantes italianos. Gente valente e sofrida, que abandonara seu país para fugir das dificuldades que afligiam a Europa.

Como as terras férteis dos vales dos rios Caí e dos Sinos já estavam ocupadas pelos alemães, foram conduzidos para o norte, na encosta da serra, região ainda selvagem e de difícil acesso.

Com muito trabalho e dedicação, iniciaram vida nova, abrindo picadas e cultivando a terra.

Logo, várias colônias estavam instaladas, entre elas Caxias do Sul, Nova Milano, Bento Gonçalves, São Marcos, Antônio Prado e outras.

Com o conhecimento que trouxeram, iniciaram o plantio da uva, origem da atual indústria vinícola, que dá fama à região.

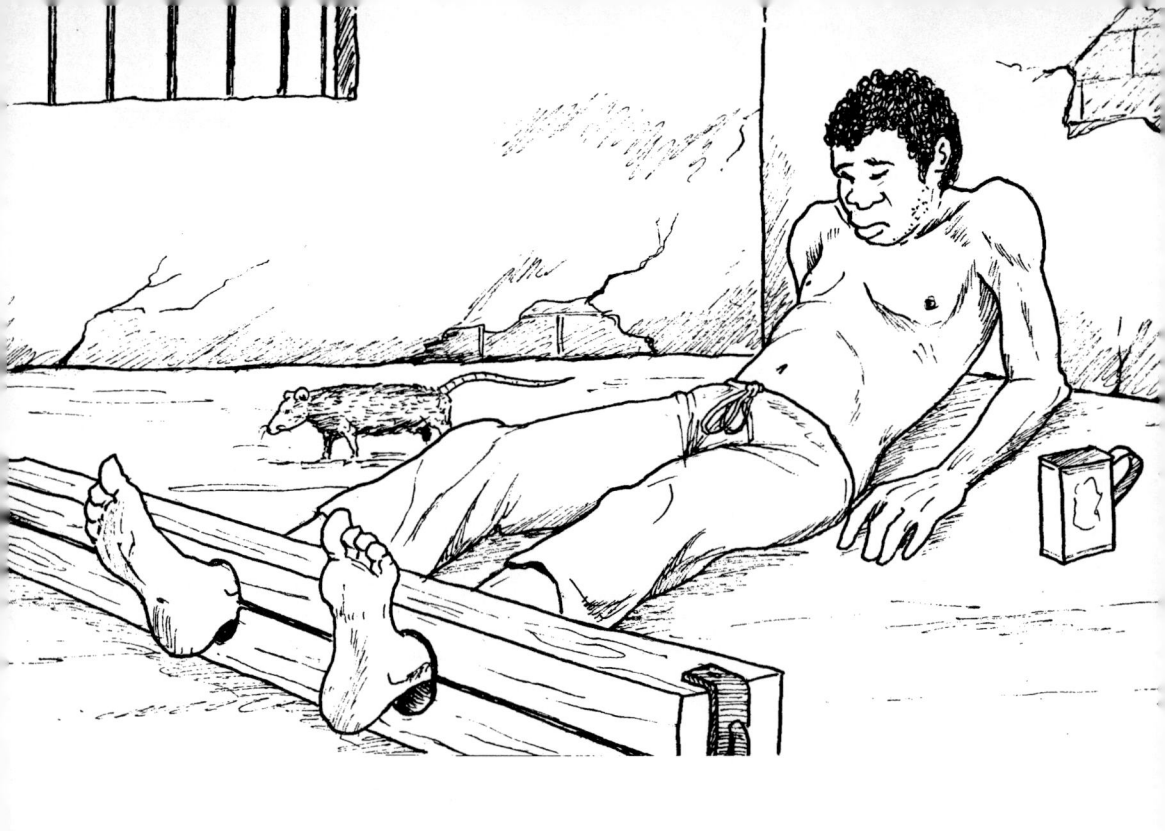

O fim da escravidão

No final do século dezenove, o Rio Grande vivia uma fase de prosperidade. A produção e as exportações aumentavam, tinha início a industrialização, calçavam-se as ruas, fundavam-se bancos, companhias de navegação de seguros e a mão de obra escrava começava a ser substituída pelo trabalho dos imigrantes.

Mas, ainda havia um grande número de escravos no Rio Grande.

As pessoas esclarecidas não aceitavam mais essa situação, tanto pelo lado humano como pelo econômico. Os escravos eram maltratados, custavam caro, tinham que ser mantidos mesmo quando não havia serviço e produziam pouco, devido às péssimas condições de vida. Em 1882, um grupo de jovens intelectuais, sob a liderança de Júlio de Castilhos, fundou o Partido Republicano, com uma bandeira radical:

"Abolição já."

Muita gente tinha receio de que a abolição provocasse grandes prejuízos econômicos e que os negros livres, sem ter onde morar, sem trabalho e sem dinheiro, provocassem sérios problemas nas cidades.

Nada disso aconteceu.

Quando, em 1888, a Princesa Isabel assinou a Lei Áurea, decretando o fim da escravidão, muitos permaneceram nas fazendas e nas charqueadas e outros foram para a periferia das cidades, onde formaram bairros e conseguiram empregos.

Claro que não foi fácil vencer os preconceitos, a pobreza e a falta de instrução, mas aos poucos foram se organizando e começando a criar seus espaços.

Anos depois, seus descendentes chegaram a ocupar importantes cargos na política rio-grandense.

O Negrinho do Pastoreio

É dessa época uma das mais belas lendas da tradição oral do Rio Grande do Sul.

Conta a história de um negrinho órfão, que vivia como escravo na estância de um homem muito mau. Esse homem, ganancioso, sovina e sem coração, só tinha gosto por três coisas na vida: seu filho, um guri ordinário e velhaco como o pai; um cavalo baio puro-sangue e uma tropilha de cavalos tordilhos.

Ao negrinho cabiam os serviços mais pesados, que seus bracinhos magros mal podiam aguentar, sempre sob ameaça de relho.

Um dia, houve um desafio para uma carreira entre o cavalo baio e o cavalo mouro de um vizinho, que tinha fama de correr como o vento. Confiante no seu parelheiro, o homem aceitou e o valor da aposta foi de mil moedas de ouro. Se o baio ganhasse, o homem ficaria com as moedas. Se o mouro ganhasse, o vizinho repartiria o dinheiro entre os pobres.

Por ser mais leve e bom cavaleiro, o negrinho foi encarregado de montar o baio.

Num domingo ensolarado, de tarde, o povo se reuniu na cancha reta, para assistir à carreira.

Ao sinal do juiz, os cavalos dispararam, lado a lado, focinho com focinho, levantando poeira. Quase na chegada, ainda emparelhados, o baio se assustou e, na negaceada, ficou para trás, perdendo a carreira.

O velho pão-duro reclamou muito do juiz, mas acabou pagando o que devia, e o dinheiro foi distribuído entre os pobres.

Furioso, voltou para casa e aplicou uma enorme surra no negrinho, pondo nele a culpa pelo prejuízo. Além disso, como castigo, mandou-o montar no baio e cuidar da tropilha de tordilhos no campo, por trinta dias e trinta noites.

Após algum tempo, doído e exausto, o negrinho recostou-se no tronco de uma árvore e adormeceu, mantendo o cavalo baio preso por uma soga (corda de couro) ao seu pulso.

Durante a noite, um graxaim sorrateiro roeu a soga que prendia o baio e o cavalo disparou, levando com ele a tropilha de tordilhos.

O homem ficou furioso e no dia seguinte mandou que o negrinho saísse a pé campo afora e não voltasse sem os cavalos.

Como já estava escurecendo, o negrinho foi até a capelinha de Nossa Senhora, que é a madrinha dos desamparados, pediu a sua bênção e pegou um toquinho de vela, para iluminar o caminho.

Enquanto andava, os pingos de cera que caíam da vela transformavam-se em pontinhos de luz que, aos poucos, foram clareando todo o campo. Assim, o negrinho conseguiu encontrar os cavalos e trazê-los de volta.

Mal os havia reunido quando o filho do patrão, ruim como cobra venenosa, espantou os animais aos gritos, espalhando-os novamente. Feita a maldade, foi dar queixa ao pai.

Desta vez, não houve perdão. O homem mandou aplicar outra surra, até abrir feridas e verter sangue do corpo do negrinho. Quando o pobrezinho já não respirava mais, nem se movia, mandou levar o corpo até a panela de um enorme formigueiro e deixá-lo lá para ser devorado. Assim, economizava a pá de cavar a sepultura.

Dias depois, voltou ao lugar para ver os ossos que tinham sobrado. Em vez disso, viu o negrinho em pé, sem nenhum ferimento, alegre e faceiro, sacudindo as formigas dos braços. Em redor dele pastavam tranquilamente o baio e a tropilha de tordilhos.

Ao seu lado, sua madrinha Nossa Senhora resplandecia num clarão de luz.

Do maleva e do seu filho, nunca mais se ouviu falar... Diz o pessoal do campo que, até hoje, o negrinho pastoreia os cavalos e ajuda as pessoas a encontrar objetos perdidos. Basta pedir, acender um toco de vela para a sua madrinha e sair procurando.

Se ele não encontrar, ninguém mais acha!

Bem, meu amigo. Vamos dar um descanso para as guerras.

A abolição da escravatura e as ideias liberais do Partido Republicano, que, como vimos anteriormente, foi fundado sob a liderança de Júlio de Castilhos, provocaram um sério desgaste no governo imperial.

A política, naquele tempo, era diferente. Os partidos se baseavam em ideias, muito mais do que em interesses pessoais. Normalmente havia duas correntes: os conservadores, que desejavam manter tudo como estava, e os liberais que queriam mudanças.

Júlio de Castilhos, no seu jornal *A Federação*, defendia ideias positivistas. O positivismo era uma doutrina criada por um francês chamado Augusto Comte. Dizia que todas as questões deviam ser vistas pelo lado científico, abandonando crenças e sentimentos religiosos. Uma espécie de ditadura da ciência e da tecnologia.

A proclamação da República

Nessa época o jornal *A Federação* começou a noticiar que os militares andavam descontentes com o governo. Coisa séria, porque depois da Guerra do Paraguai eles estavam prestigiados e, no sul, sob o comando de Deodoro da Fonseca, eram muito fortes.

A situação piorou com a nomeação do Senador Gaspar Silveira Martins para o governo do Estado, já que ele era inimigo pessoal e político do Marechal Deodoro.

No dia 15 de novembro de 1889, chegou um telegrama do Rio de Janeiro dando notícia da proclamação da República.

Depois de participar do Congresso Constituinte da nova República, no Rio de Janeiro, Júlio de Castilhos voltou para atuar na elaboração da Constituição Estadual e, em seguida, foi eleito como primeiro presidente constitucional do Estado.

Maragatos e pica-paus

Acontece que, nem todos estavam satisfeitos com os rumos da República. No Rio de Janeiro, o Presidente Deodoro da Fonseca fechou o Congresso e houve reações em todo o país.

No Rio Grande, Júlio de Castilhos manifestou-se contra a atitude de Deodoro e, para evitar derramamento de sangue, renunciou ao Governo do Estado. Em 1892, após tentar sem sucesso uma conciliação com Júlio de Castilhos, Gaspar Silveira Martins fundou o Partido Federalista.

Aos poucos, os desentendimentos descambaram para a violência. Naquele clima de ódio, em meio a perseguições e crimes de lado a lado, realizaram-se eleições diretas, preparadas para confirmar Júlio de Castilhos no poder.

Quando ele assumiu, em janeiro de 1893, a situação no Rio Grande já era praticamente de guerra.

E lá vêm as guerras de novo! Parece que não acabam nunca! Tu deves estar te perguntando: – mas por que tudo isso?

É fácil entender. Acontece que Júlio de Castilhos representava uma mudança muito grande na estrutura tradicional do poder. Pela primeira vez, as rédeas saíam das mãos dos militares e dos caudilhos da aristocracia rural para serem conduzidas por um jovem sem tradição política na família e com ideias muito rígidas e avançadas sobre administração pública. Para os conservadores isso era intolerável.

Em fevereiro de 1893, o caudilho federalista Gumercindo Saraiva cruzou a fronteira comandando cerca de quatrocentos homens, entre eles um bando de uruguaios. Logo depois, o general Joca Tavares entrou no Rio Grande com mais três mil combatentes.

Pronto! Daí por diante, estavam frente a frente maragatos e pica-paus, na guerra mais sangrenta e cruel que o Rio Grande já assistiu.

Os federalistas chamavam os republicanos de pica-paus por causa do quepe, que parecia imitar o penacho do passarinho. Por sua vez, os republicanos apelidavam os federalistas de maragatos, pela presença de uruguaios oriundos da Maragatería, na Espanha.

Os pica-paus usavam como distintivo um lenço branco e os maragatos, lenço vermelho no pescoço e fita no chapéu.

Sem se dar conta, o Rio Grande estava se preparando para um dos piores conflitos de sua história. Tão cruel e tão triste que muitos preferem nem falar sobre ele.

Foi uma guerra que não teve motivação por terras, economia ou religião, como tantas outras. Houve apenas luta pelo poder entre grupos com ideias políticas bem definidas.

Nessa ocasião surgiu a prática cruel da degola, trazida pelos castelhanos que acompanhavam os comandantes maragatos.

Essas barbaridades se prolongaram até junho de 1894, quando foi assinada a paz em Pelotas.

Em 1903 chegou a Porto Alegre o paulista Cândido Dias, trazendo com ele a primeira bola de futebol a rolar no solo gaúcho.

No dia 15 de setembro do mesmo ano, depois de algumas peladas, trinta e três rapazes se reuniram, fundando o Grêmio Foot-Ball Porto-Alegrense, sendo eleito primeiro presidente Carlos Bohrer.

Na baixada do bairro Moinhos de Vento foi construído o estádio, que perdurou até a inauguração do Olímpico, na Azenha.

No correr dos anos 30 o clube já tinha seus ídolos, como o grande goleiro Eurico Lara, Luiz Carvalho, Luiz Luz, que chegou à seleção brasileira, e Oswaldo Rolla, o "Foguinho", treinador do time.

Foguinho introduziu e consolidou o conceito de futebol-força, característico do futebol gaúcho.

O Grêmio não demoraria a se elevar à condição de um dos grandes times do Brasil, com inúmeras conquistas estaduais, nacionais e internacionais, incluindo a Taça Libertadores da América por duas vezes e o Campeonato Mundial Intercontinental.

Seis anos depois da fundação do Grêmio, vieram de São Paulo os irmãos Henrique, José e Luís Poppe. Procurando um clube para jogar futebol, não foram aceitos e, em resposta a essa discriminação, fundaram em 1909 o Sport Club Internacional. A escolha do nome foi uma homenagem à Internazionale de Milão, terra dos pais dos Poppe.

A principal característica do novo clube era a abertura a todos que quisessem jogar, fossem brasileiros ou estrangeiros. Essa postura também influiu na escolha do nome. Em 1928 o Internacional passou a contar com jogadores negros no seu time, o que lhe deu o título de "Clube do Povo". O Grêmio só os admitiu a partir de 1952.

No bairro menino Deus foi erguido o Estádio dos Eucaliptos, sua sede esportiva até a inauguração do Gigante da Beira-Rio, em 1969.

Entre os anos de 1940 e 1948, o Internacional montou o famoso "rolo compressor", que dominou o futebol gaúcho com um time quase invencível, onde jogavam: Ivo, Alfeu e Nena, Assis, Ávila e Abigail, Tesourinha, Russinho, Vilalba, Rui e Carlitos.

Tem até hoje uma história de grandes feitos esportivos, incluindo campeonatos brasileiros, duas taças Libertadores da América, Recopa Sul-Americana e o Mundial de Clubes da FIFA.

Outros bons times do futebol rio-grandense peleiam nos estádios, mas são os grenais que levantam e separam a gauchada em duas bandas intransigentes e apaixonadas.

A grande rivalidade entre os dois clubes mostra que até no esporte o Rio Grande é sempre o mesmo!

Ou se é de um lado, ou se é do outro!

Maragato ou pica-pau!

Colorado ou gremista!

Com o fim da revolução de 1893, Júlio de Castilhos estava sozinho no poder.

Devagarinho começou a pôr as coisas em ordem. Em pouco tempo, quase todos falavam bem dele. Até os adversários o admiravam, pela seriedade e honestidade com que tocava os negócios públicos.

Organizou a Justiça no Estado; criou redes telegráficas; melhorou a navegação nos rios e investiu na educação, desde o nível primário até o superior. No seu governo foram criadas a Faculdade de Direito e a Escola de Engenharia.

Quando deixou o governo, em 1897, com apenas trinta e oito anos de idade, era um homem tão respeitado que chegou a ser cogitado para a Presidência da República.

Sentindo-se adoentado, não aceitou a indicação. Faleceu ainda moço, aos quarenta e três anos.

O museu Júlio de Castilhos e o monumento no centro da Praça da Matriz, em Porto Alegre, são uma homenagem a ele e ao seu trabalho.

Fiel seguidor das ideias positivistas, Antônio Augusto Borges de Medeiros, com o apoio de Júlio de Castilhos, foi eleito governador.

Ao final do mandato de cinco anos, Júlio de Castilhos, que ainda desfrutava de grande prestígio, voltou a indicá-lo como candidato do Partido Republicano. Foi reeleito e, no ano seguinte, com a morte do patriarca, assumiu também a chefia do partido.

Borges de Medeiros era miúdo, magrinho, narigudo e bigodudo, mas durão e exigente.

A oposição podia acusá-lo de muita coisa, mas nunca de preguiçoso ou de ladrão. Trabalhava desde o amanhecer até altas horas da noite, andava a pé e não usava carro oficial. Detestava festas e cerimônias e não admitia qualquer mau emprego do dinheiro público.

É, meu amiguinho, tu pareces não acreditar que havia políticos assim...

Pois, podes crer. Eles existiam!

Havia muita coisa por fazer. No final dos anos 1800, não se dispunha de água tratada nem de esgoto. A água era trazida de fontes e vendida de porta em porta; as fezes eram recolhidas por carroças, em cilindros de madeira que eram despejados no rio, lavados e devolvidos.

O transporte de pessoas era feito em carruagens e bondes puxados por burros. Para o interior, viajava-se a cavalo ou em diligências, como nos filmes de faroeste.

Mas, aos poucos, as coisas iam mudando. Nas cidades de colonização alemã e italiana a produção industrial crescia; a luz elétrica ia iluminando as cidades, calçavam-se as ruas e muitos prédios importantes eram construídos.

Ao mesmo tempo, Borges de Medeiros manejava o partido com habilidade política e controle rigoroso sobre tudo o que acontecia. Para isso, mantinha homens de sua confiança em todos os postos, particularmente nas chefias de polícia em todo o Estado.

Depois de quatro mandatos seus e um do seu correligionário Dr. Carlos Barbosa – quase vinte e cinco anos no poder –, Borges já sentia o desgaste de seu governo e a possibilidade de uma revolta. Mesmo assim, teimava em continuar no governo a qualquer custo.

Pensando nos conflitos que poderiam surgir, mandou adquirir armas na Argentina e as distribuiu à Brigada Militar, aos chefes políticos e também aos grandes fazendeiros, que, historicamente, reuniam seus homens e transformavam-se em chefes militares nas guerras e revoluções.

E, por falar em armas, já se sentia novamente no ar o cheiro ruim de guerra.

MESA ELEITORAL
ESCREVA O NOME DO CANDIDATO.
ASSINE O SEU NOME EMBAIXO.

Borges de Medeiros dava sinais claros de que ia se candidatar ao quinto mandato nas eleições de 1922.

Ao mesmo tempo, cresciam as denúncias sobre fraudes eleitorais. Eram de conhecimento geral as coações sofridas pelos eleitores, o "voto dos defuntos", a falsificação dos livros de votação e outras trapaças.

Os oposicionistas formaram a Aliança Libertadora e indicaram o nome de Assis Brasil, diplomata e grande fazendeiro, como seu candidato.

A campanha eleitoral se desenvolveu em clima de extrema violência.

Realizada a eleição, a apuração dos votos foi demorada e, apesar das falcatruas, Borges não conseguiu se eleger. Não aceitou a derrota e a comissão eleitoral teve que inventar uma maneira de conseguir os votos que faltavam.

Foi o estopim da revolta. Ninguém mais suportava essas manobras.

Parece mentira! Outra revolução!

Quando estourou a revolta de 1923, as forças legalistas eram constituídas pela Brigada Militar e mais os corpos provisórios, cujo distintivo era um lenço verde no pescoço.

Do outro lado, os maragatos, de lenços vermelhos, dividiam-se em colunas, cada uma por si mesma, sem comando unificado.

Uma das forças legalistas, a 2.ª Brigada Provisória, encarregada da parte oeste do Estado, era comandada pelo então coronel Flores da Cunha, que se tornaria uma figura proeminente na história rio-grandense.

A grande diferença dessa revolução para as anteriores foi o emprego de metralhadoras, uma novidade no campo de batalha que passou a desequilibrar as forças.

No decorrer dos combates, Flores da Cunha foi promovido a general, mesmo não sendo militar de carreira, graças ao seu grande tino estratégico, à sua combatividade e ao seu exemplo.

Nas forças revolucionárias despontava o caudilho Honório Lemes, destacado líder guerrilheiro que, além de suas qualidades de coragem e astúcia, era profundo conhecedor do terreno.

Com superioridade de homens e armamento, Flores da Cunha perseguiu Honório Lemes até o fim da guerra.

Um dos combates mais importantes foi travado no Alegrete, na tomada da ponte sobre o rio Ibirapuitã, onde morreu um irmão de Flores da Cunha. Nesse combate foram feridos o general Flores e seu companheiro Oswaldo Aranha, que também seria figura de destaque na política rio-grandense e brasileira.

O que houve de mais importante nesse combate foi a soberba demonstração de arrojo e valentia.

Honório Lemes tinha seus homens entrincheirados no outro lado do rio e a única forma de atacá-los seria cruzar a ponte com a cavalaria, sob a pontaria ajustada e o fogo intenso de fuzis e metralhadoras do inimigo.

Outro comandante teria pensado muitas vezes antes de conduzir um ataque tão arriscado.

Pois Flores da Cunha não hesitou. Liderou seus homens numa arrancada fulminante e alcançou a outra margem, pondo em fuga as tropas de Honório Lemes.

PEDRAS ALTAS
1923

Vocês devem estar se perguntando por que os maragatos, mesmo em inferioridade e sem um comando central, insistiam em lutar.

No duro, o que eles realmente pretendiam era chamar a atenção do Governo Federal e provocar uma intervenção no Estado, o que não aconteceu.

Por fim, em dezembro de 1923, foi assinada a paz de Pedras Altas, com a mediação do general Setembrino de Carvalho, representante da República.

Pelo acordo, Borges de Medeiros concluiria o seu mandato, mas sem direito a reeleição, e os revoltosos seriam anistiados.

Com o fim da revolução, os ânimos se acalmaram.

Mas, a calma era só por aqui. No país havia insatisfação dos oficiais mais novos do Exército, os chamados "tenentes", que não gostavam da arrogância dos ricos proprietários de terras que dominavam a política nacional.

O governo da República se repartia entre os poderosos de São Paulo e de Minas Gerais; era a chamada "República do Café com Leite".

Desde 1922, os tenentes já vinham se revoltando contra essas coisas. No Rio de Janeiro, na saída do Forte de Copacabana, alguns deles foram mortos durante um protesto contra o governo.

Em 1924, aconteceu um novo levante dos tenentes, em São Paulo.

No Rio Grande do Sul, apoiando aquele movimento, o capitão do Exército Luís Carlos Prestes iniciou a revolta em Santo Ângelo, espalhando a faísca por toda a região missioneira. Do Alegrete vieram tropas de Honório Lemes e, do planalto, as de Leonel Rocha.

Logo foram perseguidos por tropas legalistas e iniciaram um movimento para o norte.

Era o começo da famosa Marcha da Coluna Prestes, que andou vinte e cinco mil quilômetros pelo Brasil afora, com a intenção de levantar o povo contra o governo.

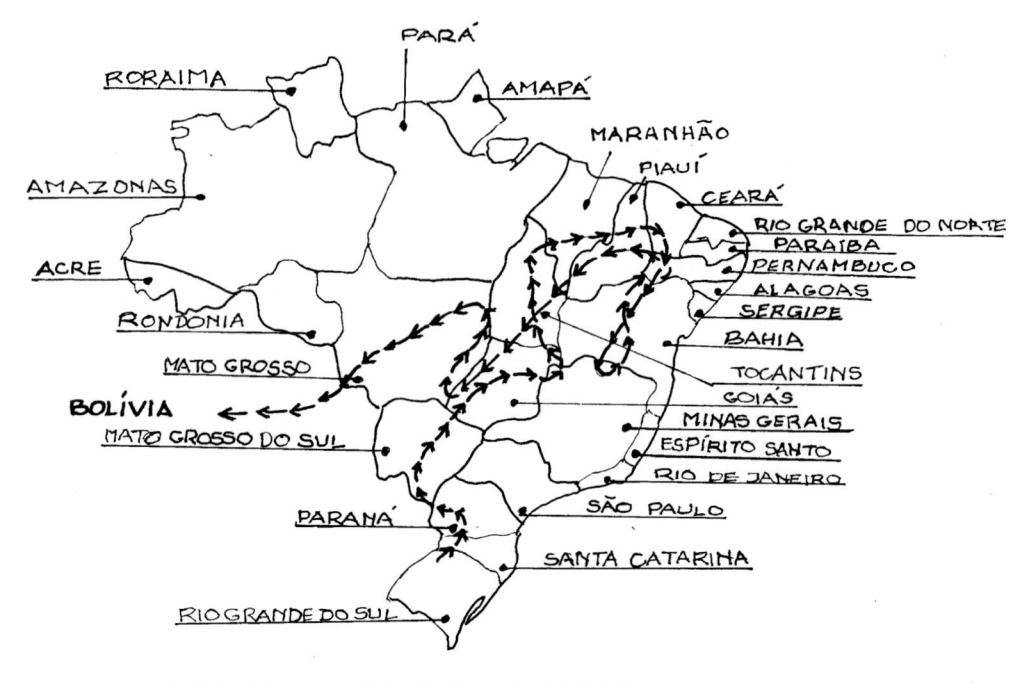

MARCHA DA COLUNA PRESTES

Depois de muito andar e testemunhar a miséria do povo naqueles interiores, a coluna deu sinais de cansaço.

Já se tinham passado dois anos e os comandantes percebiam que o simples ato de derrubar um governo e colocar outro não iria resolver as injustiças sociais do Brasil.

Vinda do Nordeste, a coluna desceu em direção ao Mato Grosso e encerrou a empreitada na Bolívia.

Foi naquela época que Prestes conheceu a doutrina comunista, que adotou e conservou até o fim dos seus dias.

Apesar de tudo, era uma época de grandes novidades e transformações.

Apareceram a energia elétrica, o rádio, o telefone, os automóveis, os navios a vapor, os aviões e tantas outras coisas que até então nem se poderia imaginar.

A aviação comercial brasileira iniciou-se em 1927. A primeira empresa brasileira a transportar passageiros foi a Kondor Syndicat, no avião Atlântico, ainda com matrícula alemã. Em 22 de fevereiro era inaugurada a primeira linha regular, a chamada "Linha da Lagoa", ligando Porto Alegre, Pelotas e Rio Grande. Em 27 de junho de 1927, foi fundada a Viação Aérea Riograndense, a nossa Varig.

Anos mais tarde, o Brasil já tinha várias grandes empresas: Varig, Cruzeiro do Sul, Panair, Transbrasil e Vasp.

A evolução dos negócios trouxe aos tempos atuais a extinção daquelas empresas e a criação das novas que hoje dominam o mercado de transporte aéreo.

O gaúcho que laçou um avião!

Parece mentira, mas é verdade. Foi em janeiro de 1952, na localidade de Tronqueiras, distrito de Arroio do Só, em Santa Maria.

Irineu Noal costumava pilotar um teco-teco e, no dia 20 daquele mês, resolveu dar uns rasantes, querendo se exibir para a namorada. Acontece que o peão Euclides Guterres estava no campo tratando de umas novilhas e acompanhou, admirado, as proezas do jovem piloto.

Pois o Euclides, metido a campeiro, resolveu também fazer uma proeza e desatou dos tentos o seu laço de 13 braças. Preparou a armada e ficou esperando.

Não deu outra. No terceiro rasante o laço acertou o avião, que só não caiu porque a hélice cortou o couro cru. O Paulistinha ganhou altura e rumou para o aeroporto de Camobi carregando quatro braças do laço do peão.

Não se sabe quem ficou mais assustado. Se o piloto ou o Euclides, que se deu conta da besteira que fizera, podendo causar um grave acidente.

O feito chegou a ser publicado na revista TIME sob o título: "The Cowboy & the Airplane" (Monday, Feb.11,1952).

A Revolução de 1930

Em 1926, despontava na política o rio-grandense Getúlio Vargas, ministro da Fazenda nomeado por Washigton Luís. Em 1927, foi eleito Presidente do Rio Grande do Sul.

Para as eleições presidenciais de 1930, o candidato preferido de Whashigton Luís era o paulista Júlio Prestes. Isso contrariava os interesses de Minas Gerais e acabou fortalecendo o surgimento de uma nova candidatura.

Então, Getúlio Vargas foi lançado candidato com o apoio da Aliança Liberal, que reunia o Rio Grande, a Paraíba, Minas Gerais e as oposições dos demais Estados.

As eleições se realizaram em março de 1930 e Júlio Prestes ganhou, apesar das notícias de fraude nas eleições.

A insatisfação se alastrou, motivada pelas suspeitas de fraude.

Ao mesmo tempo, a economia brasileira entrava em declínio, em consequência da crise internacional de 1929.

O estopim da revolta foi o assassinato do presidente da Paraíba, João Pessoa, companheiro de chapa de Getúlio Vargas.

Em Porto Alegre, Oswaldo Aranha e Flores da Cunha iniciaram a revolução com a tomada do Quartel-General da 3.ª Região Militar e do 7.º Batalhão de Caçadores.

Getúlio assumiu o comando das forças rebeldes, transmitiu o governo do Estado para Oswaldo Aranha e partiu com um efetivo de doze mil homens, integrantes da Brigada Militar e voluntários recrutados.

A revolução tornou-se vitoriosa sem grandes resistências e Getúlio Vargas assumiu a Presidência da República.

Os gaúchos cumpriram a promessa que haviam feito e amarraram os cavalos no obelisco da avenida Rio Branco, no Rio de Janeiro.

Todos esperavam uma nova constituição republicana.

Em 1932, a demora na promulgação dessa nova constituição passou a gerar insatisfações.

Como consequência, os paulistas se levantaram em armas, com o apoio dos gaúchos republicanos de Borges de Medeiros e dos libertadores de Raul Pilla.

A rebelião foi sufocada. Borges de Medeiros foi preso e Raul Pilla exilou-se no Uruguai.

Na ocasião, amigos de Raul Pilla se cotizaram para apoiá-lo financeiramente e mandaram imprimir bônus no valor de um mil réis. Os bônus eram chamados de "pilas", apelido que se conservou até hoje.

Pois então, naquele tempo, os grandes nomes da política brasileira eram gaúchos e Getúlio Vargas tinha as rédeas do governo.

No Rio Grande, mandava Flores da Cunha, primeiro como interventor e depois como governador eleito. Flores fez um bom governo. Abriu estradas, aumentou a rede ferroviária, construiu o Instituto de Educação, promoveu a grande exposição comemorativa do centenário da Revolução Farroupilha e mandou erigir a estátua de Bento Gonçalves. Foi dessa época a inauguração da Ipiranga, primeira refinaria de petróleo do Brasil.

Além de tudo, era um homem honesto. Uma vez lhe perguntaram por que, tendo exercido cargos tão importantes, no final da vida era um homem pobre. Ele respondeu que sempre gostara de mulheres e de cavalos, só que os seus cavalos eram muito lentos e as mulheres muito rápidas.

Coisas da gauchada!

Aos poucos, Getúlio consolidava sua posição no governo.

Em 1935, houve um levante comunista, liderado por Luís Carlos Prestes, que voltara da Rússia com a missão de implantar o comunismo no Brasil. A revolta foi sufocada e Prestes preso, mas o fato foi considerado muito grave.

Aproveitando as circunstâncias, Getúlio encurtou as rédeas do governo, decretando estado de emergência, o que lhe aumentou o poder. Corriam notícias de que estava sendo preparada uma nova constituição, que, praticamente, dava ao presidente poderes de ditador.

Flores da Cunha não concordou. Foi deposto e substituído pelo general Daltro Filho, comandante da 3.ª Região Militar. Estava tudo pronto para o golpe.

Em 10 de novembro de 1937 foi implantado o Estado Novo. Os governadores perderam seus mandatos, os legislativos foram fechados e a constituição foi revogada. Tudo isso, sem qualquer reação.

Estava instalada a ditadura, que iria se estender até 1945.

Com o apoio dos "Tenentes", muitos dos quais foram nomeados interventores nos Estados, Getúlio passou a tomar as medidas que pretendiam modernizar o país.

Entre elas, para desagrado de muitos, houve a determinação de que fossem queimadas as bandeiras dos Estados, visando à unificação do Brasil sob uma só bandeira. Em seguida, voltou-se para a situação de miséria dos trabalhadores, criando a Consolidação das Leis do Trabalho, a CLT, que vigora até hoje.

No Rio Grande do Sul, foi nomeado interventor o coronel Cordeiro de Farias, que fez um excelente governo, principalmente nas áreas de educação, saúde e construção de estradas. É daquela época a criação do Departamento Autônomo de Estradas de Rodagem, o DAER.

Na agricultura, apesar do desenvolvimento, houve um problema: Getúlio, pretendendo dar apoio econômico ao Nordeste, proibiu a fabricação de açúcar no Estado. Com isso foram fechados os dois únicos engenhos existentes, um em Santa Maria e outro no litoral, perto de Santo Antônio da Patrulha.

Enquanto isso, na Europa, o sucesso inicial da Alemanha, que, com Hitler, se recuperou da crise da Primeira Guerra Mundial, despertava a simpatia de muita gente.

No Rio Grande e em todo o Brasil havia pessoas que admiravam o regime nazista da Alemanha e o fascista da Itália. Essas pessoas fundaram um partido chamado Integralista, que imitava os europeus, até nos símbolos e uniformes. Havia suspeitas de que o próprio Getúlio e seu ministro da Guerra, Eurico Gaspar Dutra, mostravam alguma simpatia pelos alemães.

Quando estourou a Segunda Guerra Mundial, as coisas se complicaram.

Para os norte-americanos era fundamental a aliança com o Brasil, tendo em vista as operações navais no Atlântico Sul, pois as bases no Nordeste seriam excelente trampolim para as ações na África.

Astuto, como sempre, Getúlio retardava uma definição, aguardando o rumo dos acontecimentos.

Então se viu a importância do alegretense Oswaldo Aranha, que tinha sido nomeado Ministro do Exterior. Ele mantinha ótimas relações com os Estados Unidos e, como homem de confiança de Getúlio, conseguiu neutralizar os pró-nazistas no governo, que não eram poucos.

Em 1939, fez uma visita ao Presidente Roosevelt e conseguiu financiamento para a construção da usina de aço de Volta Redonda, que era um sonho de Getúlio.

Nesse tempo, houve o afundamento de navios brasileiros por submarinos alemães.

O fato provocou indignação e os descendentes de alemães começaram a ser perseguidos, acusados de serem colaboradores dos nazistas. Casas comerciais foram apedrejadas e o governo proibiu o uso da língua alemã, que ainda era muito falada nas antigas colônias.

Finalmente, em agosto de 1942, o Brasil declarou guerra à Alemanha.

A Força Expedicionária Brasileira, a FEB, foi preparada e desembarcou na Itália em 1945.

Após os sangrentos combates que levaram os aliados à vitória, ficaram sepultados no cemitério de Pistoia 21 gaúchos, que, mais uma vez, deram seu sangue pelos ideais de liberdade.

A guerra terminou, mas trouxe consequências. O conhecimento das barbaridades do regime nazista e o contato estreito com as democracias aliadas mudou a cabeça de muita gente.

Os militares e as elites políticas brasileiras passaram a condenar a ditadura de Getúlio Vargas, que ainda tentou acompanhar os novos rumos permitindo a organização de partidos políticos, inclusive o Partido Comunista. Publicou uma nova lei eleitoral e fixou data para as eleições presidenciais.

Mas, não havia mais como consertar e manter um regime que estava ultrapassado.

Ainda em 1945, Getúlio foi convidado a deixar o governo.

Em 1946, logo depois de ser promulgada a nova Constituição, Walter Jobim foi eleito Governador do Rio Grande do Sul. Durante seu governo foi iniciado o plano de eletrificação do Estado, com a construção de usinas hidrelétricas, termelétricas e redes de distribuição. Em 1949 começou a funcionar a Usina do Gasômetro, que hoje abriga um centro de cultura.

Com o apoio de Getúlio Vargas, Eurico Dutra foi eleito Presidente da República.

A influência de Getúlio continuava tão forte, que sua estância em São Borja passou a ser chamada de "República de Itu". Quem tivesse alguma ambição política tinha que ir lá pedir a bênção do "velhinho".

No Rio Grande, terminado o mandato de Jobim, elegeu-se governador Ernesto Dorneles.

Enquanto isso, Getúlio já fazia campanha eleitoral pelo Brasil afora.

Adorado pelo povo, venceu com facilidade a eleição e, em 1951, voltou à Presidência da República.

Getúlio era um homem sério. O que prometia, cumpria, e não foi à toa que deixou nome na história. A Petrobras nasceu como promessa de campanha e foi criada em 1953, contrariando a vontade de muitos que não queriam ver o Brasil com o monopólio do seu petróleo.

Com o passar do tempo, entretanto, a oposição crescia, ganhava força e aumentava os ataques ao governo. Carlos Lacerda, da União Democrática Nacional, UDN, um orador brilhante, denunciava atos de corrupção no governo, que chamava de "um mar de lama".

Getúlio, pela primeira vez, apesar das advertências do seu amigo Oswaldo Aranha, começava a perder as rédeas do governo, envolvido por maus assessores e por manobras dos adversários.

Andava acabrunhado e triste, mas nunca baixou o topete. Aos seus amigos já dizia que talvez não chegasse ao fim do seu mandato, mas que desta vez só sairia morto.

Quem acabou precipitando a tempestade foi o seu chefe de segurança, Gregório Fortunato, que planejou e mandou executar um atentado contra a vida de Carlos Lacerda. Lacerda foi ferido e, no atentado, morreu um major da Aeronáutica.

O inquérito deixou clara a culpa de Gregório e a situação se tornou insuportável.

No dia 24 de agosto de 1954, acuado e sem saída honrosa, Getúlio encerrou-se em seu quarto e disparou um tiro no coração.

Por um momento, todo o país quedou-se em silêncio, estarrecido, não acreditando no que ouvia.

Mais uma vez, o velho Getúlio tinha revertido a situação, passando de vilão a herói.

A carta-testamento, encontrada ao lado do seu cadáver, comoveu o país e hoje está gravada em bronze na Praça da Alfândega, em Porto Alegre.

O Movimento Tradicionalista Gaúcho

Até meados do século dezenove, a imagem do gaúcho era associada a homens sem lei, que vagavam pelos campos vivendo de saques e roubo de gado.

Aos poucos essa imagem foi se modificando em consequência do valor demonstrado por esses homens nas guerras que sustentaram a integridade territorial do Rio Grande do Sul e do Brasil. Foi também o reconhecimento da fibra e do senso de honra que os levaram a lutar por ideais de liberdade em sangrentas revoluções contra forças superiores e despóticas.

Ainda assim, no começo do século vinte, os homens do campo eram vistos nas cidades como caipiras rudes e ignorantes.

Lembro que, ainda menino, por volta de 1945, ganhei de meu pai uma indumentária de gaúcho. Faceiro, saí à rua de botas, bombachas e lenço no pescoço. Na primeira esquina, fui interpelado por um grupo de rapazes que me perguntaram, entre risos: – ei, guri, tu és assim mesmo ou estás fantasiado?

Voltei correndo para casa, chorando... de raiva.

PAIXÃO CORTES

Entretanto, já em 1898, por iniciativa do santa-mariense João Cezimbra Jacques, era criado o Grêmio Gaúcho de Porto Alegre, que organizava festas, desfiles a cavalo e palestras sobre as tradições rio-grandenses.

Com a transferência de Cezimbra Jacques para o Rio de Janeiro, onde veio a falecer, o Grêmio Gaúcho perdeu importância e desapareceu do cenário tradicionalista.

Foi somente em 1947 que um estudante do Colégio Estadual Júlio de Castilhos tomou a si a ideia e a tarefa de resgatar os valores da história e das tradições do Rio Grande. O nome desse rapaz, nascido em Santana do Livramento, era João Carlos d'Ávila Paixão Cortes.

Quando foram trazidos de Santana do Livramento para Porto Alegre os restos mortais de David Canabarro, ele montou uma escolta de honra, com mais sete companheiros e, todos bem montados e pilchados, acompanharam a urna fúnebre do herói farroupilha.

A eles, juntaram-se em seguida Luiz Carlos Barbosa Lessa, também estudante do "Julinho", e o poeta Glauco Saraiva.

Tempos depois, setembro de 1947, Paixão Cortes organizou no Colégio a primeira Ronda Crioula. Um piquete de cinco cavalarianos recolheu na Pira da Pátria, na hora da extinção do Fogo Simbólico, uma pequena chama que, orgulhosamente, foi levada para acender o Candeeiro Crioulo, que se manteve aceso até o dia 20 de setembro, data do início da Revolução Farroupilha, reverenciada como o Dia do Gaúcho.

Com o sucesso da Primeira Ronda Crioula e, agora, com apoio de homens mais maduros e de intelectuais, o grupo resolveu fundar uma entidade permanente, voltada para o cultivo e a divulgação das tradições gaúchas.

Assim, no ano seguinte foi fundado o "35" – Centro de Tradições Gaúchas, nome sugerido por Barbosa Lessa. Flávio Ramos propôs o lema: "Em qualquer chão – sempre gaúcho" e Guido Mondin desenhou o símbolo: o número 35 atravessado por uma lança.

Glauco Saraiva foi o primeiro Patrão eleito.

Enfrentando e vencendo dificuldades, o tradicionalismo conseguiu crescer de uma forma que nem seus criadores poderiam imaginar.

No ano 2000, já havia 1.500 entidades tradicionalistas no Rio Grande do Sul, 500 em Santa Catarina e 4.500 em todo o Brasil, além de CTGs criados nos Estados Unidos, na Europa e no Japão. É considerado o maior movimento associativo-cultural do mundo.

As tradições gaúchas têm uma força impressionante.

Visitando um CTG em Salvador, na Bahia, reparei que os jovens ensaiavam as danças usando calções e botas, sem camisas, por causa do forte calor. Perguntando a um deles se havia nascido no Rio Grande, o menino respondeu: – não, senhor. Eu nasci aqui mesmo em Salvador. Mas sou gaúcho!

O laçador

A estátua do Laçador é o monumento-símbolo da cidade de Porto Alegre.

Foi esculpida em gesso e depois moldada em bronze pelo pelotense Antônio Caringi, tendo como modelo o próprio Paixão Cortes.

Situa-se numa pequena elevação, em frente ao antigo terminal do aeroporto Salgado Filho, lembrando uma saudação ao viajante que chega ao Estado.

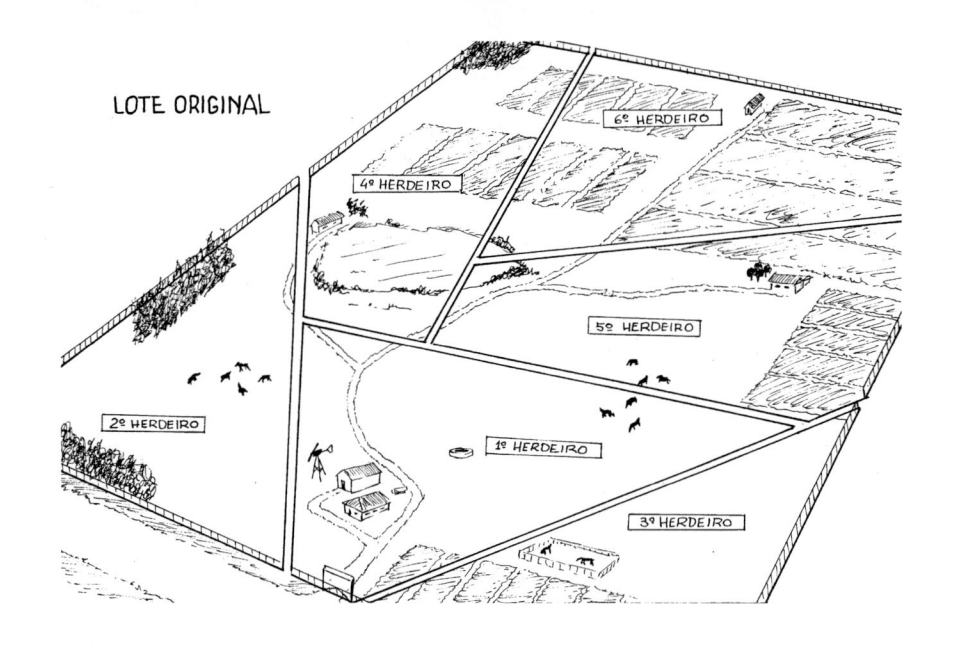

Os bandeirantes do século XX

Após a morte de Getúlio, foi eleito para Governador do Rio Grande o Eng. Ildo Meneghetti, primeiro descendente de imigrantes a atingir essa posição.

Ao mesmo tempo, Juscelino Kubitschek iniciava os planos para a construção de Brasília.

A canalização de dinheiro para a nova capital do Brasil reduziu as verbas para os Estados. No Rio Grande do Sul, não havia recursos para construir estradas e financiar a lavoura.

Um alívio veio com a soja, que começou a ser plantada em Santa Rosa, expandiu-se pelo Estado e chegou a contribuir com 99% da produção nacional.

Mas, as terras escasseavam. As grandes estâncias, onde o gado era criado sem maiores cuidados, eram divididas entre muitos herdeiros e a falta de preparo técnico impedia a produção rentável nos campos menores. O mesmo acontecia nas colônias dos imigrantes, onde os pequenos lotes, também divididos, já não eram suficientes para a subsistência dos agricultores.

Em busca de terras desocupadas e mais baratas, os primeiros gaúchos deslocaram-se para Santa Catarina, Paraná e Mato Grosso. Cada um que se estabelecia mandava buscar parentes e conhecidos, aumentando a presença naqueles lugares.

Em seguida, a fertilidade do solo atraiu outros pioneiros para o Centro-Oeste e daí para o Norte e para o Leste, estabelecendo-se no Amazonas, Pará, Piauí, Roraima e Goiás. Na Bahia, onde se anunciavam terras ruins e improdutivas, a correção do solo as transformou em imensas plantações de soja e milho, modificando a paisagem e os costumes da região. Viajando por aqueles interiores, não é raro encontrarmos gaúchos pilchados e erva-mate nos botequins.

E foi assim que a cultura gaúcha se espalhou, levando nossos usos e costumes a todos os recantos do Brasil. Passamos a ser conhecidos como "os bandeirantes do século XX".

Dizem que os gaúchos, quanto mais longe se encontram do Rio Grande, mais gaúchos se sentem.

Os tempos passaram e, apesar de algumas turbulências políticas, o progresso se espalhou pelo Rio Grande.

Rodovias, estradas de ferro e linhas aéreas encurtaram as distâncias, antes percorridas a cavalo, em carretas e diligências.

Modernos meios de comunicação ligaram os mais distantes rincões, substituindo os mensageiros e os antigos telégrafos.

Possantes tratores passaram a tracionar os arados. Colheitadeiras substituíram as foices. A tecnologia multiplicou a produção.

Escolas e universidades se instalaram.

Indústrias foram desenvolvidas, gerando empregos e substituindo artigos que, antes, eram importados da Europa ou produzidos no centro do país.

Portos e aeroportos facilitaram as trocas comerciais.

Também na cultura se destacaram os gaúchos.

Na literatura, principalmente, o regionalismo teve importância fundamental, podendo-se dizer que a maior parte da obra literária gaúcha teve essa motivação.

Entre os grandes escritores e poetas rio-grandenses podemos citar: Simões Lopes Neto, Érico Veríssimo, Aparício Silva Rillo, Josué Guimarães, Barbosa Lessa, Alceu Wamosy, Mário Quintana, Luis Antonio de Assis Brasil, Moacyr Scliar, Luis Fernando Verissimo, Tabajara Ruas, Armindo Trevisan, Alcy Cheuiche e outros de não menos importância.

Na música, embora com menor influência, também o regionalismo se fez presente.

Teixeirinha foi um dos precursores da música sertaneja.

Desde 1971 até 2002, foram realizadas as Califórnias da Canção Nativa, concursos musicais destinados a premiar as melhores canções gaúchas. Um dos grandes vencedores foi Telmo de Lima Freitas, com a música *O Esquilador*. As Califórnias contribuíram com verdadeiras joias do cancioneiro gaúcho.

Como outros músicos de destaque, podemos enumerar: Lupicínio Rodrigues, Neto Fagundes, Elis Regina, Gildo de Freitas, Kleiton & Kledir, Adriana Calcanhoto, Heber Artigas Fróis (conhecido como Gaúcho da Fronteira), Renato Borghetti, Yamandu Costa e tantos outros que seria impossível citar.

Ao tratarmos de escultores, não poderíamos deixar de ressaltar: Arminda Lopes, Vasco Prado, Francisco Stockinger, Sonia Ebling e Antônio Caringi.

Na pintura: Pedro Weingartner, Iberê Camargo, Glênio Biachetti, José Lutzemberger e, em destaque entre outros tantos talentos, Aldo Locatelli, autor dos belíssimos afrescos da igreja de São Pelegrino, em Caxias do Sul.

É importante ressaltar que os nomes citados são apenas alguns exemplos do grande universo cultural rio-grandense.

Pois assim, meu amigo, vai chegando ao fim esta história da nossa gente.

É claro que tu não conseguiste memorizar tanta coisa, mas ela vai estar sempre contigo, pronta para te trazer à lembrança os feitos da gauchada.

Agora sabes por que temos tanto orgulho do nosso chão.

Sabes por que no dia 20 de setembro nos reunimos nos galpões e com orgulho cantamos o Hino Rio-Grandense.

HINO RIO-GRANDENSE

Música: Maestro Joaquim José Mendanha
Letra: Francisco Pinto da Fontoura

Como a aurora precursora
Do farol da divindade
Foi o Vinte de Setembro
O precursor da liberdade

Estribilho
Mostremos valor, constância
Nesta ímpia e injusta guerra
Sirvam nossas façanhas
De modelo a toda terra

Mas não basta pra ser livre
Ser forte, aguerrido e bravo
Povo que não tem virtude
Acaba por ser escravo

Estribilho
Mostremos valor constância
Nesta ímpia e injusta guerra
Sirvam nossas façanhas
De modelo a toda terra